KB010840

고마워요 사랑해줘서

고마워요 사랑해줘서

뱅크북

이 책을 세상에서 가장 소중한 인연,

――――――― 님께 드립니다.

"Love does not consist in gazing at each other, but in looking together in the same direction."
"사랑은 두 사람이 마주 쳐다보는 것이 아니라 함께 같은 방향을 바라보는 것이다."

– 생떽쥐베리

반쪽찾기

1.
가끔은
어떤 아픔을 감수하고라도
좀 더 가까이 두고 싶은
인연이 있다.
가시에 두 눈이 찔려
장님이 되고
살점이 떨려 나가는
'싸아'함이 찾아와도
그 이름 떠올리는 것만으로
맥주 거품 같은 미소
포르르 일어나는 나의 반쪽,
그를 만나
바라보는 것만으로 족한
해바라기사랑은
이제 그만하고 싶다
말하고 싶다.

2.
비워두어야 한다.
보아도 다함이 없고
주어도 아까움이 없고
받아도 넘침이 없는
그를 만나기 위해선
정갈한 은잔 하나
준비해야 한다.

그만이 채우고
그만이 마시울
내 영혼의 빈 잔.

그 안에 파아란 미소 풀어놓고는
그와 나의 사랑이
하나의 사랑으로 이어지길
간절히 소망해야 한다.

3.
보고 싶을 땐 만나야 한다.
세월이 짧아서 슬프다면
세월의 길목을 막아서는
장승이라도 되어야 한다.

어느 공간, 어디에서도
반짝이는 빛으로
서로의 모습을 볼 수 있는 우리는
둘로 이루어진 하나의 별자리.

사랑한다면 제아무리 멀고
긴 길을 돌아서라도
이제 우리는
하나의 의미로 묶여야한다.

4.
사랑은
시린 겨울 새벽하늘 아래
맨발을 '동동'구르며 서있어도
너는 나에게
나는 너에게
길들여져 짐으로서
눈물겹도록 아름다운 것

지금은 아니라고 고개 젓지만
헤어질 것이 두려워
차마 내밀지 못했던 손
질끈 인연의 끈으로 동여매고
난로보다 더 따뜻한 입김
불어 넣어줘야 한다.

'꺼억 꺼억'거리는
그리움 다 토해내고
천년을 하루 같이 기다려온
나의 반쪽을
한몫에 품어야 한다.

5.
가끔은 현기증이 나도록
혹혹 불러보고 싶은
이름이 있다
때론 즐거움에 차서
때론 우울함에 빠져
수없이 혼자 부르던 이름

그에게 다다르기도 전에
허공에서 탁-하니
꺼져 버린다 할지라도
이젠 '사랑'이라는 형용사를 덧붙여
나직이 고백해야 한다.

말하는 그 순간
그 사랑의 의미
다 잃는다 해도
이제 그에게로 달려가
말해야 한다.

사랑한다고...
좋아한다고...

6.
사랑은 소중한 만큼
쉬이 흩어져 버리는 것.
너무 욕심내도
잠시만 시선을 외면해도
혹-하니 날아가 버리는 것
한 순간, 한마디의 말로서
이루어질 수 없는 것.
어쩜, 그저 그렇게
일정한 마음의 간격을 둔 채
묵묵히 흐르는 침묵일수도...
서로의 어깨를 내어주고
홀로 아파했던 그 기억
조금씩 털어 내주는 것 일수도...

7.
마음 깊은 곳에
비밀스런 장소 만들어 놓고
가슴 졸이며 지켜보던
한 사람의 미소
한 사람의 음성
한 사람의 뒷모습...

아무리 손을 뻗어도
결코 그에게 닿을 수
없을 것 같은 절망감...
그 절망을 확인할 용기 없어
비 내리는 저녁이면
어딘가 꼭 가야할 사람처럼
낯선 거리를 헤매고 있는
바보 같은 사람들...
바보 같은 인연들...

차례

지금은 외출 중

죄송합니다.
지금은 '그녀잊기' 여행 중이라
전화 받을 수가 없습니다.
성함과 연락처를 남겨주시면
'그녀잊기' 여행이 끝나는 즉시 돌아와
연락드리도록 하겠습니다.

혹시라도…
나중에 연락이 가지 않으면
사랑했던 그 사람을 잊지 못해
밤하늘별이 되었다고 생각 하세요.

그리고… 훗날에…
한 여인이 찾아와 눈물로 내 소식 묻거든
나는 피눈물 흘리면서 떠났다고…
당신과 나의 사랑은
이것이 끝이 아니라

이제부터가 시작이라고 전해 주세요.
이제부터가 진짜라고…

미안해 그리고 죄송해

잊은 줄 알았어.
당신이 내 앞에 나타나더라도
차갑게 외면하리라 생각했어.

그런데… 하필 그날…
너무 지치고 힘들어서
누군가에게 마냥 기대고만
싶어 하던 그날
당신이 내 곁에 온 거야.

아무 말 않고
옆에 와있는 것만으로
얼마나 큰 힘이 되고
위안이 되던지…

참 신기해.
눈앞에서 당신보고 있으면

내 맘이 자꾸만 흔들려
당신 보내기 싫었는데
그 세찬 빗속으로
괜히 보내었나 봐

세상엔 어울리는 사람들이
따로 있는 것이 아니잖아.
다 맞춰가며 사는 거지.

조금만 덜 사랑했더라면…
정말 내가 당신을
조금만 덜 사랑했더라면…
어쩜 우린 연인이
될 수도 있었을 텐데…

아무래도 우린
인연이 아니었나 봐
미안해…
죄송해…
당신에게가 아닌 내 자신에게…
그 마음의 사랑 지키지 못해서…

그럴 뿐입니다

당신을 만나고 싶습니다.
여전히 내겐 너무 미운 사람이지만…
어쩌다 한번쯤은 만나고 싶어집니다.
살다가 어느 날 문득…
내게도 이런 사람이 있었지 하니까
더욱더 당신을 만나고 싶어집니다.
내게도 이런 날이 있었지 하니까
더더욱 당신이 그리워집니다.
그렇다고 오래 전에 놓았던 인연의 끈…
다시 잇고 싶은 것은 아닙니다.
그냥 당신이 어떻게 살고 있나…
조금 궁금할 뿐입니다
그럴 뿐입니다.

사랑은 1

길을 걷다가
낯익은 음악이 흘러나오면
'이 노래… 당신이
참 좋아하던 음악인데…'
분위기 좋은 곳에서
식사라도 하게 되면
'이 음식… 당신이
참 좋아하던 음식인데…'
쇼윈도에 진열된 예쁜 옷을 보면
'이 옷… 당신 입으면
참 잘 어울리겠다.'

지금도 늘 이런 생각합니다.
누군가의 말처럼…
사랑은 그 사람에게 한없이
마음을 써주고 싶은 것인가 봅니다.
그것이 설혹 자기 전부를
바치는 일이라 할지라도…

사랑은 2

사랑은 그냥 감정이 흐르는 데로
놔두는 것이 아니래요.
서로에 대한 인내와 참음이래요.
그가 내 맘 아프게 하고
원치 않는 방향으로 내쳐도
기다려 주고
옆에서 변함없는 믿음으로
지켜봐 주는 거래요.

날 사랑해 달라고
나 하나만 바라봐 달라고
어린아이처럼 조르는 것도 아니래요.
다만 곁에 있어주면서
그 사람이 지치고 힘들어 할 때
가끔 말없이 가만히
손을 뻗어주는 거래요.

설령 그것이 연민이라 할지라도…

이제는

지난 추억이 너무 아파서일까요.
가끔은 아무 이유 없이
가만히 눈물 흐를 때가 있어요.
촉촉이 젖은 잿빛하늘을
초점 없는 눈빛으로 바라보면
긴 한숨만 나오고…

알아요…
이제 다시 만난다 해도
뾰족한 방법이 없다는 것을…
달라지는 것이
아무것도 없다는 것을요.

그러면서도 그러지 못하는 게
사람 마음인가 봐요.

이제 당신과의 사랑은

추억으로 간직하며 살려고 해요.
그게 더 좋을 것 같아요
그게 조금은 덜 아플 것 같아요.

당신의 행복…
빌어주고 싶어요.
불행한 모습으로
내게 오는 것보다
나 없이도 행복한 모습
보여줬음 해요.
그게 사랑이잖아요.
난 그냥 당신의
추억 속의 사람으로
아름답게 간직되었으면 해요.
지난 추억이 아름다우면
그 기억도
아름답다고 하잖아요.

아무래도 힘을 내야겠어요.
참 예쁜 봄이잖아요.

다음 세상에서는

아직도 당신 모습 생생해
날 보면 아무 말도 못하고
늘 수줍게 미소만 짓던
당신의 그 모습이…

며칠 전에 고향에 내려갔다가
우연히 당신 모습 봤어.
사춘기소녀처럼 여전히 수줍은 듯한
당신의 편안한 미소…
사랑스런 눈길로
아이들을 바라보는 그 모습…
예전과 하나도 변하지 않았더라.
유난히 추웠던 몇 해 전 겨울
술에 잔뜩 취해 당신을 찾아갔던 거…
나 많이 후회 했어.
같이 있을 때도 당신 힘들게 했는데
이렇게 헤어져서도

당신 계속 속상하게 만들어서
정말 미안해.

당신 모습 무척이나
행복해 보이더라.
참 다행이야.
당신의 행복은
나의 행복이기도 하니까…
그런데 왜 이리도
맘이 아리고 시린지…
나 없이도 행복한 당신 모습이
조금은 서운했었나 봐.
한번쯤 당신 앞에 서고 싶어.
이렇게 훔쳐보는 사랑 더는 싫어.

당신을 어찌 대해야
될지 모르겠지만…
당신 목소리 한 번 듣고 싶어…
당신의 그윽한 눈도 보고 싶고…
나 아직도 당신의 모든 것을
기억하고 있어.
잊은 건 아무 것도 없어.

"우…리 다음 세상에 다시 태어나면
그땐 꼭 결혼해…"

시간이 많이 지난 지금도
눈물 글썽이며 당신이
내게 하던 그 말…
또렷이 기억 나…

하지만 부탁하지 않을 게…
그저 다음 세상에서는
가끔씩 밤하늘을 올려다보면
가장 가까이에서
마주보고 있는 두 별이
그대와 나이길 바랄 뿐…

벙어리 사랑

한 소년과 소녀는 서로 사랑했습니다.
하지만 가엾게도 둘은 벙어리였습니다.
사랑한다 말 할 수도…
들을 수도 없었습니다.
많은 장애가 두 사람의
사이를 가로막았지만
둘은 눈빛만으로도
서로를 느낄 수 있었고
두 손을 잡는 것만으로도
하나가 될 수 있었습니다.
둘은 언제까지나 그렇게 마주잡은 손을
놓지 아니했습니다.

'사랑한다'는 한마디의 말보다
작은 침묵 하나가 더 소중할 수 있음을…
너무 많이 사랑하기에
오히려 다 표현하지 못하는

사랑이 있다는 것을
이젠 깨달아야 할 때입니다.

사람의 마음

아닌 걸 알면서도
그냥 그리워질 때가 있고…
그냥 마주앉아
이야기하고플 때가 있어.

오늘이 그런 날 같아
아침부터 눈이 왔어
아마 이 겨울 마지막 눈 같아
당신이 내게
밸런타인데이라고 준 초콜릿이
마지막 선물이 되었듯…

당신과 함께 첫눈을 기다릴 땐
그리도 설레고 좋았었는데
지금은 눈이 너무 싫어
당신을 잊으려 애쓰던
내 모습이 생각 나

당신에게 마지막 선물 받고
그저 두려움에
밤새 울기만 하던 일들이…

이별보다 더 힘든 게 뭔지 알아
그건 기다림이야
아닌걸 알면서도
그냥 그리워지고…
그냥 마주앉아
이야기하고 싶어지는
마음의 병…
내가 지금 그 병을 앓고 있어

사람의 마음이란 게
어떻게 할 수가 없는 건가 봐
아무리 내가 깊이깊이 사랑하고
모든 걸 다 줘도
그 사람의 마음이
다른 사람에게 가 있다면
아무리 고맙고 미안해도
어쩔 수 없이 떠나더라

그래서…
사랑하기 때문에 받는 상처는
더 크고 깊은가봐
그런걸 알고 있기에
다른 사랑에게 더 쉽게
마음을 열어줄 수도 없는 건가 봐
그런 건가 봐…

천년후엔

앞으로 천 년 후쯤엔
너가 날 많이 아프게 해
벌은 내가 받을 게
내가 널 그 동안
아프게 했던 것만큼…
그땐 너만 행복하면 돼
난 불행해져도 상관없어

천년 후엔
내 몸…
내 사랑…
내 마음…
다 니거니까…

남들 앞에서는

남들 앞에서는 당신 잊었다고
쉽게 말하지요
사실은… 바람소리만 들려도
행여 당신일까 해서
대문 밖으로 뛰쳐나가면서…

남들 앞에서는 당신 잊었다고
쉽게 말하지요
사실은… 지나는 연인들만 봐도
가슴이 미어져 눈앞이 흐려지는데…

남들 앞에서는 당신 잊었다고
쉽게 말하지요
사실은… 술이라도 한 잔 하게 되면
당신 생각나 화장실에 달려가
몰래 눈물 훔치고 오면서…

남들 앞에서는 당신 잊었다고
쉽게 말을 하지요

사실은…
내가 당신 잊은 게 아니라
당신이 날 잊은 건데 말입니다.

작은 소원 1

한 번…
더도 말고 딱 한 번만…
그 사람과 저를 뒤바뀌게 해주세요.
그 사람… 내 맘 너무 몰라 줘요.
자신이 최고인 줄로만 알고 있어요.

한 번…
정말이지 딱 한 번만…
그 사람과 절 뒤바뀌게 해주신다면
그 사람도 제 마음을 알게 될 겁니다.
내가 그 사람 얼마나 좋아하고 있는지
내가 그 사람 얼마나 끔찍이
아끼고 사랑하는지 말입니다.
그리고…
내가 지금 그 사람으로 인해
얼마나 많이 힘들어하고
있는지도 말입니다.

바보 같은 남자

늦은 밤에 전화해 놓고는
공중전화에 동전이 남아서
그냥 한 번 걸어봤다고 하던 남자

싸움도 못하면서 누가
자신의 여자 친구 괴롭히면
윗통부터 벗어 던지던 남자

길을 걷다가 자기 여자 친구보다
더 예쁜 여자 지나가면
'원래 머리에 든 거 없는 애들이
외모만 반반한 거야'하고,
자기 여자 친구보다
못생긴 여자가 지나가면
'머리에 든 거 없는 애들 치고
제대로 생긴 애들 없더라!'하며
익살스럽게 웃어주던 남자

여자 친구가 쇼윈도에
진열된 옷을 보며
'저 옷 참 예쁘다'하고 말하면
잘 기억해 두었다가
특별한 날 선물로 사주던 남자

평소에는 냉정하고 이성적이지만
여자 친구가 말하면
설령 그것이 농담일지라도
죽는시늉이라도 하던 남자

남들 앞에 나서는 걸
죽기보다 싫어하지만
여자 친구가 우울해 하면
신촌 한복판에서 굿거리장단에 맞춰
더덩실 춤 줘 주던 남자

여자 친구가 좋아하는
가수가 있으면
몰래 그 가수 테이프를
사다 들은 후
'이 노래 참 좋더라'하며

불러 주던 남자

가끔은 자동차를 길옆에 세워두고
밤하늘별을 보며
집까지 바래다주던 남자

자신의 과거는 자신 있게 털어놓으면서
여자 친구의 과거에 대해서는
일절 묻지 않던 남자

여자 친구와 만나는 날이면
썰렁한 이야기일지언정
유머 한 가지 정도는 준비해오던 남자

허름하고 아담한 분식집에서는
지갑을 두고 왔다며
여자 친구더러 계산하라 하고
모차르트가 연주되는
고급 레스토랑에서는
언제나 자신이 먼저 계산하던 남자

새벽에 전화 걸어

잠이 안 온다고 하면
날 샐 때까지
재미있는 이야기 들려주던 남자

어렵게 좋아한다 고백했더니
'먼저 말해줘서 고맙다'고
말해주던 남자

여자 친구가 선물한 구두를
너덜너덜할 때까지 신고 다니는 것을
자랑으로 여기던 남자

길을 걸을 때 항상
여자 친구는 인도 쪽에,
자신은 차도 쪽에 서서 걷던 남자

특별한 날이 아니더라도
일주일에 한 번 정도는
안개꽃 한 아름 사다가
여자 친구 가슴에 안겨주던 남자

여자 친구가 늦은 밤이나,

혹은 새벽에 전화 걸어도
'왜?'라고 묻지 않던 남자

'미안해'라는 말보다는
'괜찮아'라는 말에 더 익숙하던 남자

머리가 아프다고 하면
약국으로 달려가는 게 아니라
살며시 이마부터 짚어주던 남자

여자 친구가 병실에 누워 있으면
혼자서 햇살 맞는 게
미안해서 그렇다며
외투에 햇살을 하나 가득
담아오던 남자

여자 친구가 춥다고
발을 동동 굴리면
코트를 벗어주기 보다
살포시 안아 주던 남자
그 바보 같은 남자가
오늘 유난히 많이 생각난다.

난 당신이

난 당신이 순백의 백합보다는
조금은 씩씩해 보이는
들꽃이었음 해.
백합보다는 덜 깨끗하고
장미보다는 덜 화려하겠지만
들녘으로 달려 나가면 언제든
편안하게 만날 수 있는,
지나는 바람의 고민도 들어주고,
햇살의 고마움도 느끼며,
때론 흙먼지를 뒤집어 쓴 채
저 홀로 눈물짓더라도,
오래도록 자신을 지킬 수 있는,
난 네가 한 송이
들꽃이었으면 해.

세상에서 가장 슬픈 전화

창밖으로는 계속해서 가는 비가 흩뿌리고 있었다. 승객들은 벌써 몇 시간째 무표정한 표정으로 생전 처음 보는 바깥 전경을 물끄러미 바라만 보고 있었다. 긴 터널을 지나 한 참을 더 달리자 저 멀리에서 한 줄기 빛이 희미하게 새어 나왔다.

목적지에 거의 다 도착한 듯 했다.

승객들의 표정이 조금씩 흐트러지기 시작한다. 어떤 사람은 방금 전에 왔던 길을 다시 되돌아보기도 하고… 어떤 사람들은 조용히 눈물을 떨구기도 하고… 어떤 사람들은 옅은 신음소리를 토해내기도 한다.

승객들이 질서정연하게 열차에서 내릴 때였다. 어디에선가 핸드폰 전화벨 소리가 나직이 울려 퍼졌다.

한 아주머니의 주머니에서 나는 소리였다. 열차에서 내리던 승객들의 발걸음이 잠시 멈춰졌다.

아주머니는 잠시 망설이더니 조심스럽게 핸드폰을 꺼내 들었다. 그러자 무거운 정적을 깨는 꼬마 아이의 음성이 열차 내에 다급하게 울려 퍼졌다.

"엄마! 지금 어디야? 학원에서 맛있는 요리해 가지고 온다더니 왜 이렇게 안 오는 거야?"

아주머니는 아무 말도 하지 않았다. 아니, 아무 말도 할 수가 없었다. 그저 믿기지 않는 표정으로 눈물만 연신 찍어낼 뿐…

잠시 발걸음을 멈췄던 승객들 역시…

※

이 글을 몇 년 전 대구지하철 참사 때 사랑하는 어린 자식을 두고 먼저 저 세상으로 떠났던 어느 아주머니의 사연을 듣고 저자가 그 마음을 대신하여 썼던 글임을 밝혀둡니다.
여러분! 주위를 한번 둘러보세요. 그리고 그 소중한 사람들이 곁에 있을 때 더 이상 미루지 말고 지금 당장 나직이 속삭여 주세요. '사랑해요!'라고…

당신 알아요

이 세상에서 백 명이
당신 사랑한다면
그 중에 한 명이 저라는 것을…

이 세상에서 열 명이
당신 위해 기도한다면
그 중에 한 명도 저라는 것을…

이 세상에서 당신 위해 울어줄 수 있는
단 한 명이 존재한다면
그 또한 저일 것임을…

그리고… 그리고 말입니다.
이 세상에서 당신을 사랑하는 사람이
존재치 않는다면
그건 내가 이 세상에
없기 때문이라는 것을…

당신 보내며

당신 보내며 하늘만 올려다 본 것은
당신 얼굴 보면 차마 떠나보낼
용기가 나지 않을 거 같아서…

당신 보내며 안경만 연신 매만진 것은
눈가에 어리는 눈물…
행여라도 당신에게 들킬까 염려돼서…

당신 보내며 '안녕'이라 말하지 않은 건
당신과의 아픈 인연 차마 놓을 자신 없어서…

당신 보내며 버럭 화를 냈던 건…
당신 끝까지 지켜주지 못한
내 자신이 너무나도 싫어서…

당신 보내며 아이 둘 낳을 때까지는
포기하지 않고 기다리겠다고 말한 건

그때까지만 날 기억해 달라는
작은 바람 때문에…

내가 당신에게

아침에 눈 뜨면 맨 먼저 떠오르는 사람
음악 듣거나 커피 마시거나
늘 곁에 있었으면 하고
욕심나게 만드는 사람
계절이 바뀔 때면
문득 여행 같이 떠나고 싶은 사람
기쁜 일 생기면
젤 먼저 축하 받고 싶은 사람
가끔은 날 새며 술 마셔도
허물되지 않는 사람
수십 년의 세월이 흘러
얼굴에 잔주름 생겨도
그 모습 너무 사랑스러워
마냥 키스 세례 퍼붓고 싶은 사람
숨 거두는 마지막 그 순간에도
그 이름 떠올리며
미소 지을 수 있는 단 한 사람
내가 당신에게 그런 사람이었으면 합니다.

그녀가 사랑한 남자들

그녀가 내 곁을 떠나며 말했다.

초등학교 때는 짝꿍을…
중학교 때는 교회 성가대 부원을…
고등학교 때는 방송부 남학생을…
대학교 때는 동아리 남학생을…
그리고… 결혼 전에는
한 괴짜 선생님을 사랑했었노라고…

지금 내 눈에서
비가 내리는 까닭은
그녀가 말한 사람이
전부다 '나'이기에…

차이점

난 언제나 부족하다고 생각하는데
당신은 늘 자신감에 차 있네요.

단 한 번의 사랑 고백을 위해
난 몇 달 전부터 밤잠 설쳤는데
당신은 그저 알 듯 모를 듯한
미소만 지어 보이네요.

맛난 음식 보면
난 당신 생각하는데
당신은 말도 않고
계속 먹기만 하네요.

좋은 옷보면
난 당신 사주고 싶어
자꾸 욕심나는데
당신은 자신의 취향인지

아닌지만 생각하네요.

난 당신과 함께 있으면
밥 먹는 시간도 아까운데
당신은 할 말 없으면
'밥이나 먹으로 가자'고 하네요.

당신이 감기 걸리면
난 걱정돼서 한숨도 못 자는데
당신은 내가 감기 걸리면
'약 사 먹었느냐'고만 계속 묻네요.

당신과 전화하면
난 언제 끊길지 몰라 조마조마한데
당신은 '나 지금 바빠'라는
소리만 하네요.

내가 '사랑해'라고 말하면
당신은 '나도 알아…'라고만 하네요.

그런데 이를 어쩌지요.
당신은 가끔 사는 게

너무 힘들다고 말하지만
난 당신 사랑해서
매일 이렇게 행복하기만 하니…

미워할 수 없는 이유

당신이 날 버리고 떠날 때…
많이 미워해 주리라 생각 했어
당신 아파하고 싫어하는 일만
골라서 하리라 생각했어

그런데…
1년이 지난 지금…
지금까지 단 한번도
당신 미워지지 않았어
그런 생각조차 가질 수 없었어

철없던 내게
누군가를 사랑하는 느낌이
어떻다는 걸 가르쳐 준 사람이니까…
보고픔에 밤새 베갯잇에
눈물을 적시게 했던…
내게 너무도 소중한 추억을
안겨준 사람이니까…

당신 그거 알아요

누군가 그러더군요
세상에는 웃음과
눈물의 양이 같다고…
당신이 웃기 위해서
누군가 울어줘야 한다면
내가 대신 울어 줄게요.

누군가 그러더군요
세상에는 행복과
불행의 양이 같다고…
당신이 행복해지기 위해서
누군가 불행해져야 한다면
내가 대신 불행해 질게요

누군가 그러더군요
당신 지금 많이 아프다고…
당신을 살리기 위해
누군가 대신 죽어야 한다면

내 목숨 기쁘게 내어 드릴게요

꽃은 향기로 행복을 주지만…
당신은 세상에 존재한다는
그 자체만으로
내게 행복을 주는 사람이니까…

양치기 소년

*

양치기소년이 살고 있는 마을에 예쁜 소녀 하나가 이사를 왔다.

소년은 그녀를 처음 본 순간 사랑에 빠졌다. 하지만 그건 누구에게도 알리지 않은 혼자만의 사랑이었다.

*

소녀는 거의 대부분의 시간을 자신의 방안에서만 보냈다. 깊은 슬픔에 젖은 표정으로 창밖의 전경을 물끄러미 바라만 볼 뿐, 무슨 이유에선지 단 한 번도 외출 하거나 웃는 일이 없었다.

들리는 소문에 의하면… 소녀는 자신에게 전부나 다름없던 어머니를 잃은 후부터 말과 웃음을 잃어 버렸다고 한다. 거기에다 현재는 중병에 걸려 언제 어머니 곁으로 갈지도 모르는 처지라고 한다.

소년은 가슴이 아팠다. 소녀에게 웃음을 되찾아주고만 싶었다. 어떻게든…

*

소년은 정말 최선을 다했다.

용기를 내어… 예쁜 꽃을 꺾어다 주기도 하고… 노래를 불러주기도 하고… 재미난 이야기를 들려주기도 하고… 심지어는 바보 흉내를 내보기도 했다.

하지만 소녀는 웃음을 짓지 않았다. 오히려 가려린 얼굴에 슬픈 그림자만 더욱 짙게 드리워질 뿐…

*

날씨가 화창하던 어느 날이었다. 소녀의 잃었던 웃음을 찾아주기 위해 고심을 거듭하던 양치기 소년이 갑자기 마을 사람들을 향해 소리쳤다.

"늑대가 나타났다! 늑대가 나타났다!"

마을 사람들은 양치기 소년이 있는 곳으로 우르르 몰려왔다. 하지만 그 어디에도 늑대는 보이지 않았다.

양치의 소년의 거짓말에 농락당한 마을 사람들이 허탈한 표정을 지으며 각자의 일터로 되돌아가려 할 때였다.

갑자기 저 멀리에서 여자의 웃음소리가 까르르 들려왔다. 소녀였다. 2층 창문을 통해 처음부터 모든 것을 다 지켜보고 있던…

*

양치기 소년은 하루하루가 이루 말할 수 없이 기쁘고 감사하기만 했다.

마을 사람들을 상대로 거짓말을 하기 시작한 후부터 소녀가 서서히 웃음을 되찾기 시작한데다가, 병세 역시 빠른 속도로 호전되어져 갔기 때문이었다.

하지만 양치기 소년은 마을 사람들에게 점점더 거짓말만 하는 못 된 아이로 낙인 찍혀갔다. 어떤 때는 차마 입에 담지 못할 욕설을 얻어먹기도 하고… 화가 난 사람들에게 몰매를 맞기도 하고… 그래도 소녀를 위한 소년의 거짓말은 한동안 계속됐다.

*

소년은 가슴이 아팠다. 거짓말을 하는 바람에 그 동안 자신이 쌓았던 모든 것들, 명예… 신의… 일거리… 등을 한꺼번에 잃어 버려서가 아니다. 소녀가 더 이상 자신의 거짓말에 관심을 보이지 않았기 때문이었다. 소년은 마지막이라는 생각으로 소녀를 찾아갔다.

그리고는 그 동안 마음속에만 담아 두었던 그 말… 당신을 사랑한다고… 좋아한다고… 처음 본 그 순간부터 단 한 번도 그 마음 변한 적이 없었다고… 부끄럽게 고백했다.

그러면서 자신과 같이 마을을 떠나면 안되겠냐고 물었다. 그러자 소녀는 몹시 불쾌한 표정을 지으며 소년에게 말했다.

"유감스럽게도… 난 당신 같은 거짓말쟁이에게는 관심이 없어… 전혀…"

*

그로부터 얼마 후였다. 소녀는 마을에서 제일 근사하고 멋진 청년과 약혼식을 올리게 되었다. 그는 전에 소년이 양떼들을 돌보아주던 주인집 아들이기도 했다. 약혼식이 거의 끝나갈

무렵이었다. 어디에선가 갑자기,

"늑대가 나타났다! 늑대가 나타났다!"

라는 소리가 절박하게 들려왔다.

약혼식장은 일순간 술렁거렸다. 하지만 목소리의 주인공이 양치기 소년임을 알자, 식장 안은 금세 아무 일도 없었던 것처럼 다시 조용해졌다.

"천하의 거짓말쟁이 같은 놈! 누가 또 속을 줄 알구?"

*

약혼식이 끝나고 막 파티가 시작되려 할 때였다. 소녀와 그녀의 약혼자가 행복에 겨운 표정으로 키스를 하려고 하는데, 저 멀리에서 외마디 비명소리가 연이어 들려왔다.

소녀와 약혼식을 올린 청년의 집 근처에서 나는 소리였다. 소녀를 비롯하여 파티에 참석했던 사람들은 일제히 비명소리가 나는 곳으로 달려가 보았다. 양떼들이 한가로이 풀을 뜯어먹고 있는 가운데 피투성이 된 늑대 몇 마리와 양치기 소년이 바닥에 쓰러져 있는 모습이 보였다.

소녀가 약혼식을 거행하고 있는 동안 소년 혼자서 양떼들을 공격한 늑대 무리들과 맞서 싸운 듯 했다. 소녀는 늑대들과의 사투로 인해 온몸이 갈기갈기 찢겨져 나가 금방이라도 숨이 꺼질 듯한 소년에게 다가가 떨리는 음성으로 물었다.

"당신은 내가 미웠을 텐데⋯ 더구나 오늘 나와 약혼하는 사람은 더 많이 미웠을 텐데⋯

그런데 왜 양들을 구하기 위해 목숨까지 걸고 싸운 거죠?"

*

소년은 피 범벅이 된 얼굴로 소녀의 두 눈을 지그시 올려다봤다.

그러더니 꺼질 듯한 미소를 지어 보이며 힘겹게 입을 열었다.

"맞아요⋯ 당신 말이 다 맞아요⋯ 하지만⋯ 당신 약혼자에게 있어 전 재산이나 다름없는 저 양들이 늑대들 손에 다 죽게 되면⋯ 그 사람뿐만 아니라⋯ 그 사람을 사랑하는 당신까지도 불행해지잖아요⋯"

"⋯⋯?"

"그러면… 그걸 지켜보는 내 맘 역시도 많이 아플 거 같아서… 그래서…"

"……"

＊

소녀의 두 눈에선 어느새 하얀 그 무엇이 조금씩 어리기 시작했다. 소년은 그런 소녀를 행복에 겨운 표정으로 바라보며 힘겹게 다시 입을 열었다.

"처음부터 알고 있었어요… 당신이 웃음을 되찾으면… 내 곁을 떠나리라는 것을…"

"그걸 알면서… 그걸 알면서도 왜…"

"사랑은 욕심이 아니니까… 조금은 아쉽고 서운하더라도… 사랑하는 사람이 원하는 곳을 나역시 바라봐 주며 행복해하는 것이니까…"

소녀는 어느새 소년의 손을 잡고 있었다.

두 눈에선 슬픈 비 한줄기가 길게 흘러내리고 있었다. 하지만… 소년은 더 이상 소녀의 손을 잡지 않았다. 더 이상 사랑한다 말하지 않았다.

그저 행복한 미소만을 짓고 있을 뿐…

작은 소원 2

아팠어요.
당신 하두 내 맘 몰라주니까…
가슴한쪽이 너무 아팠어요.

그래도 나 괜찮아요.
지금은 이렇게 아프고 힘들지만…
언제가 좋은날이 꼭 찾아올 테니까…
당신과 내가 '행복한 연인'이 되는 거…
아주 잠시 동안이면 되니까…

내가 너무 큰 욕심 부린 건가요.
그래서 당신 마음…
아직도 움직이지 않는 건가요…
아직도 내 마음 못 받아 주는 건가요…
그런 건가요…

하늘도 참 무심하다는 생각이 들어요.

왜 날 이렇게 괴롭게 하는 건지…
그냥 사랑한다고…

내 마음은 여전히 열려 있다고…
그렇게만 전해달라고 부탁했는데…
그마저도 전해 주지 않네요.

하나님!
그래도 말이에요…
나 그 사람 사랑해도 되는 거죠?
그냥 사랑만 하면 안 될까요?
그저 지켜보기만 할게요…
내가 정말 많이 아플 때
그 사람 얼굴 잠깐만 생각나게 해주시고…
내가 정말 괴롭고 지쳤을 때는
그 사람 잠시 꿈에서라도 보게 해주세요…
이마저도 안 된다면…
그냥 그 사람…
행복하게만 해주시면 돼요…
그냥 어쩌다 볼 수 있게…
이 세상에 계속 오래 있게 해주시면 돼요…
그럼 나 정말 행복할거 같은데…

당신 그거 알아?

아주 가끔 꿈속에서
당신 볼 때가 있어
등 돌리고 혼자 앉아
어깨 들썩이는 당신 모습
너무 가슴 아파 보이더라.

아주 가끔 꿈속에서
당신 볼 때가 있어
창백한 얼굴로
입술 꽉 깨물고 앉아
하늘만 멍하니
바라보고 있는 당신 모습
너무 애처롭더라.

아주 가끔 꿈속에서
당신 볼 때가 있어
떨리는 손으로

내 낡은 사진 들여다보며
눈까풀을 파르라니 떨고 있는
당신 모습
너무 안타깝더라.

그래도 말야…
당신 그거 알아?
아주 가끔이지만 꿈속에서
당신 얼굴 한 번 보는
그 자체가
내겐 아주 큰 기쁨이라는 것을…

진짜 사랑

난 무작정 당신이 좋았어요.
당신 만나 같이 영화도 보고…
손잡고 밤길을 걷기도 하고…
가끔은 경춘선 기차를 타고
여행을 떠나기도 하고…

당신 얘기로 하루를 시작하고…
방금 전에 헤어지고도
돌아가는 길에
또다시 안부전화하고…
잠자리에 들면서 행복해하고…

그게 다 인줄로만 알았어요.
아무 바람 없이
누군가를 좋아하는 거…
그게 사랑의
전부인줄로만 알았어요.

그런데…
그게 아니었나봐요.

그 사람의 행복한 일상만
좋아하는 것은
사랑이 아니래요.
그 사람 마음을
읽어낼 수 있어야 하고…
보듬어 줄 수도 있어야 하고…
그가 방황하는 것들을
같이 고민해야 하는 거…
그게 진짜 사랑이래요.

이거 하나만은 기억해줘요

당신이 지금 누리고 있는 행복…
방해하고 싶은 생각 없어요.
알아요…
그래선 안 된다는 것도…
당신은 날 만나러
잠시 외출 나온 사람이니까.
곧… 나의 존재
잊을 필요도 없이
망각해버릴 테니까…

당신만의 남자가 되고 싶었어요.
당신이 끓여주는 된장찌개…
당신이 구워주는 고등어…
얼마나 많이 먹고 싶어 했었는지
당신은 아마 모를 거예요.

하지만…

이 세상엔 결코
이루질 수 없는 게 있더군요.

노력하면 할수록
족쇄처럼 죄어드는
아픈 인연이 있더군요.
당신과 나처럼…

미안해요…
이제 우리 각자의 길로
온전히 돌아가기로 해요.
아무리 보고파도
다신 눈길 돌리지 않기로 해요.
그리고…
이거 하나만은 기억해줘요…
당신에게 있어 나와의 사랑은
어쩜 실수로 생긴
작은 얼룩에 불과할지 모르지만…
내겐 전부였다는 것을…

슬픈 사실

내가 아무리 술에 많이 취해도
기억하는 것이 하나 있어요.
그건…
다신 당신을 볼 수 없다는 거…
당신의 환한 미소가
세상에서 사라진 순간
내가 기억하던 당신도…
세상에서 사라졌다는 거죠.

인정하긴 정말이지 싫지만…

조금은 중독된 사랑

처음에는 약간 무덤덤했었죠.
당신 없는 세상…
후~~~
그다지 걱정은 하지 않았어요.
하지만…
하루하루 만남이 더해가고…
정이라는 게…
사랑이란 게…
소록소록 쌓여가면서
약간씩 긴장하기 시작했지요.

점점 서로에게 익숙해져 갔고…
당신에게 길들여지는
날 느낄 땐…
솔직히 많이 무서웠어요.
이러다 당신에게 완전히
중독되는 것은 아닐까…

중독되어 도저히
혼자 설 수 없는 것은 아닐까.

그런 생각이 들 때마다
당신에게 냉정하게 대했고…
그럴 때마다 당신은 당신대로
저 혼자 많이 힘들어하고…
또 지치고…
그러다 결국엔 내 곁을
떠나가고야 말았지요.

당신 떠난지
이제 겨우 몇 개월…
아직도 가슴이 터져
버릴 것만 같고
아직도 제정신이 아닌데…
사랑은 잔인하게
내 안의 당신을
자꾸만 기억 저 너머로
밀쳐내려고만 하네요.
당신과의 사랑은 그저
예전이었을 뿐이라며…

예전의 당신이 아니었지만

어젠 당신 사진 보며
한참을 울었어.
이젠 흘릴 눈물조차
없다고 생각했는데…
아직도 이렇게 바보처럼
울고만 있으니…

당신도 가끔 내 생각해?
조금이라도 해줄까?
참 많이 아팠어.
당신과의 이별이 찾아 왔을 때
난 단지 당신이
내게 장난하는 것이라
그렇게 믿었거든.
그런데…
아니었나 봐
지금 당신은 내가 아닌

다른 사람과 행복해
하고 있으니 말야.

얼마 전 당신을
우연히 만났을 때…
매달리고 싶었어.
당신은 여전히
내 인생의 전부니까…
당신 아닌 다른 사람에게
내 사랑을 주기 싫었나 봐.
그래…
그랬어…
당신은 하나뿐인 내 사람이기에…

양아버지

*

엄마가 또다시 새로운 남자를 집으로 데리고 왔다.

아버지가 돌아가신 이후로 이번이 벌써 몇 번째인지 모르겠다.

엄마가 새 남자친구를 데리고 올 때마다 처음 한동안은 한바탕 난리법석을 피우곤 했었다.

하지만 지금은 엄마의 모든 행동들에 대해 무관심으로 일관하고 있다.

내가 아무리 말리고 설득하고 타일러도 타고 난 엄마의 남성편력을 어찌할 수 없다는 것을 잘 알기 때문이다.

"인사드려라. 이번에 엄마와 정식으로 결혼할 박씨 아저씨다…"

*

그 동안 숱한 남자들을 집안으로 끌어들였던

엄마다.

하지만 엄마 입에서 결혼 이야기가 나온 것은 이번이 처음이다.

나는 다소 놀라는 듯 한 표정을 지으며 사내의 얼굴을 유심히 한번 살펴보았다.

작고 왜소한 체구에 십여 년 전이나 구경할 수 있는 낡고 허름한 잠바를 걸치고 있었다.

얼굴은 나이에 비해 훨씬 더 늙어 보였고, 입가에는 엷은 미소를 띠고 있었다.

난 관심 없다는 듯 자리에서 일어서며 경멸하듯 쏘아붙였다.

"당신은, 지난번 그 인간들처럼 엄마 없는 틈을 이용해 나를 범하려고 잠자는 내 얼굴에 칼을 들이대지는 않겠죠?"

*

수업을 파하고 집으로 돌아가기 위해 교문을 막 나서려 할 때였다.

전날과 마찬가지로 박씨 아저씨라는 사람이 또다시 날 기다리고 있었다. 엄마와의 결혼을 승낙해 달라며…

"얘야, 난 네 엄마를 진심으로 사랑해… 그래

서 결혼하려는 거야… 부디 네가 우리들의 결혼을 허락해 주었으면 좋겠구나…"

"사랑요? 누구나 처음엔 그런 소릴 하더군요… 사실은 엄마의 그 잘난 몸뚱어리가 탐이나 그러면서…"

갑자기 박씨 아저씨의 눈가에 하얀 물기가 어렸다.

"미쳤어! 엄마도… 당신도… 세상도 다 미쳤어… 참… 그 나이에 사랑한다고… 결혼한다고…"

난 송충이를 뒤집어 쓴 것 같은 불쾌한 표정을 지으며 저 멀리로 뛰어갔다.

*

날씨가 점차 흐려지기 시작했다.

돌아가신 아빠가 너무나 보고 싶어졌다.

그러면서도 다른 한편으론 그리움만 남겨놓고 떠나간 아빠가 그렇게 미울 수가 없었다.

갑자기 잿빛 하늘에서 빗방울이 떨어지기 시작했다. 학생 신분임에도 불구하고 태어나서 처음으로 술이라는 것을 마셨다.

낯선 거리를 마냥 걸었다.

무엇이 그리도 서럽고 속상하던지 빗물보다 더 많은 눈물이 하염없이 흘러내렸다.

"아빠… 아빠… 참 좋겠다… 이제 별이 되었으니까… 높은 곳에 있으니까…

나처럼 이렇게 비를 안 맞아도 되잖아… 너무 높은 곳에 있으니까 말야…"

*

집 앞에 도착했을 때였다.

취기를 느끼며 비틀거리며 걷고 있는데 검은 그림자 하나가 불쑥 내 앞에 나타났다.

박씨 아저씨였다.

그는 우산도 없이 얼마나 오랫동안 빗속에서 떨고 있었던지 나보다 더 많이 젖어 있었다. 더 많이 아파 보였다.

"네가 걱정돼서… 집에 갈 수가 있어야지…"

"……?"

그는 내가 놀랄 틈도 주지 않은 채 바닥에 털썩 무릎을 꿇었다.

"애야, 부디 허락해 다오… 네 허락을 받고 싶어… 비록 너와는 피 한 방울 안 섞였지만… 정말 좋은 아버지가 되도록 노력하마…"

참으로 이상한 사람이다. 그냥 엄마와 같이 살면 되지… 왜 나 같은 아이의 허락을 받아 내려는지 모르겠다.

*

박씨 아저씨는 그 이후에도 내 허락을 받아내기 위해 온갖 노력을 다 했다. 하지만 내 마음은 요지부동이었다.

어느 날 그가 날 조용히 불렀다.

그의 표정은 그 어느 때보다 결연했으며, 또 절박해 보였다. 자신에게 남은 마지막 자존심을 버리면서까지 그가 내게 말했다.

"어…린 네게 이런 말 하기는 좀 뭐하다만… 사실 난 남자구실을 못한단다… 전에 공사 중 있었던 사고로 남자의 기능을 상실해 버렸어. 엄마도… 이 사실을 알고 날… 만난 거여…"

그의 눈을 보았다.

눈 주위가 촉촉이 젖어 있었다.

그건 거짓이나 위선의 눈물이 아닌 마음 속 깊은 곳에서 흘러나오는 진실한 눈물이었다.

*

그 해 겨울은 유난히 추웠고 눈도 많이 내렸다.

몇 년 만에 처음으로 폭설이 내려 세상이 온통 하얀 눈으로 뒤덮인 어느 날이었다.

난 아침부터 학교 못 가겠다며 엄마와 한참을 실랑이 벌리고 있었다.

우리 집은 무척이나 높고 가파른 곳에 위치해 있다. 때문에 약간의 눈만 내려도 버스가 다니는 차도까지 걸어 나간다는 게 여간 불편하고 위험한 것이 아니었다.

엄마와 한참 실랑이를 하다가 마지못해 집밖으로 나갔을 때였다.

집 대문 앞부터 저 아래 큰길이 보이는 곳까지 생전 처음 보는 신기한 길이 펼쳐져 있었다.

그 이름하여 연탄 길이었다.

누군가 그 많은 눈을 깨끗이 치우고 그 위에 미끄럽지 않게 연탄재를 일일이 뿌려 놓은 것이다.

'가만… 저기 대빗자루 들고 걸어오는 사람은…'

박씨 아저씨였다. 얼마 전에 엄마와 동거를 시작한…

*

연탄 길 덕분에 차도까지는 손쉽게 갈 수 있었다.

하지만 폭설 탓인지 한참이 지나도록 통학버스가 오지 않았다.

지각을 면하기 위해 택시라도 잡아타려고 했지만 그마저도 여의치 않았다.

마음을 비우고 학교까지 천천히 걸어가려 할 때였다. 조금 전 골목길에서 마주쳤던 박씨 아저씨가 불쑥 나타났다.

그는 택시를 잡기 위해 차도 안까지 들어가서 연신 손을 흔들었다. 하지만 출근길에 빈 택시 잡는다는 것이 생각처럼 쉬운 일이 아니었다.

내가 한심하다는 표정을 지으며 막 고개를 돌리려할 때였다. 박씨 아저씨가 갑자기 지나가는 택시를 향해 몸을 던졌다.

아차하면 큰 사고가 날 뻔한 상황이었다.

택시 기사는 밖으로 나와 박씨 아저씨에게 험악한 표정으로 갖은 욕설을 퍼부으며 삿대질을 해댔다.

박씨 아저씨는 연신 고개를 숙였다. 그러면서도 기사에게 무슨 말인가를 하는가 싶더니 날

더러 빨리 오라는 신호를 보냈다.

"애야! 어여 일루 와!"

*

마지못해 택시에 올라탔다.

박씨 아저씨는 기사에게 학교까지 잘 좀 데려다 달라며 몇 번이고 신신당부를 했다.

택시가 출발한지 얼마 되지 않았을 때였다.

신호대기 상태에서 무심코 백미러를 바라보게 되었다.

박씨 아저씨가 대빗자루를 바닥에 내려놓은 채 손바닥에다 무엇인가를 열심히 적고 있는 모습이 보였다.

택시 기사가 날 보며 말한다.

"학생은 좋겠어! 딸 지각하지 않게 하기 위해서 달리는 택시에 몸을 던지지 않나… 혹시라도 잘못될까봐 택시 번호까지 저렇게 꼼꼼하게 적어 놓으시는 아버님이 계시니 말야…"

*

1년 후인 고3때였다.

학교에서 돌아와 보니 안방에서 박씨 아저씨

와 엄마가 무슨 말인가를 주고받고 있었다.

'저 양반… 지금쯤 공사장에 있어야할 시간인데…'

의아한 생각이 들어 살짝 열려진 문 사이로 방안을 들여다보았다.

엄마가 박씨 아저씨의 발바닥에 연두색 연고를 조심스럽게 발라주고 있는 모습이 보였다.

"발바닥에 녹슨 못이 박혀 이렇게 상처가 깊은데… 이 따위 연고만 계속 바르면 어떡해요? 그러지 말고 지금이라도 어여 병원에 갑시다요, 예…"

박씨 아저씨는 고개를 저었다. 그러면서 하는 말이,

"조금 있으면 우리 딸아이 대학 들어가… 등록금을 마련하려면 지금부터 한 푼이라도 아껴야 될 거 아녀… 걱정 마… 난 조금 아프면 뎌…"

다음날 아침, 박씨 아저씨는 한쪽 발을 질질 끌며 일터로 나갔다. 그 어느 때 보다 쓸쓸하고 힘겨워 보이는 발걸음으로…

*

찬바람이 불던 10월의 마지막 날이었다.

그 날은 몸도 안 좋은데다가 생리통까지 겹쳐 그야말로 최악의 컨디션이었다.

오전 수업이 끝나고 생리통을 핑계 삼아 양호실에서 잠시 쉬었다 오려고 막 자리에서 일어서려 할 때였다. 남루한 작업복을 입은 초췌한 몰골의 사내가 불쑥 교실 안으로 들어왔다.

박씨 아저씨였다.

"다… 당신이 여긴… 어떻게?"

난 너무 놀라고 당혹스러워서 얼굴이 화끈 달아올랐다. 소란스럽던 교실 안이 찬물을 끼얹은 듯 조용해진 가운데, 박씨 아저씨가 품안에서 무엇인가를 꺼내 내 책상 위에 내려놓았다.

양념치킨이었다. 내가 제일 좋아하는…

"방금 전 집에다 전화했더니… 몸도 안 좋은데 아침까지 거르고 갔다고 하더구나… 걱정이 돼서 통 일이 손에 잡혀야지… 그래서…"

친구를 앞에서 내 치부를 전부 드러낸 것 같은 창피함이 밀려왔다.

책상에 놓여 있는 치킨을 집어들었다. 따끈했다. 아마도 오는 도중에 식을까봐 일부러 품안에 넣어 가지고 온 듯 했다.

주제도 모르고 계속 아버지 행사를 하려는 박씨 아저씨 가슴팍에 치킨을 집어던지며 소리쳤다.

"당신이 뭔데 여길 와? 무슨 자격으로 이곳까지 왔느냔 말야? 가! 빨리 여기서 나가란 말야… 빨리…"

*

그날 오후였다.

야간자율학습을 끝내고 교실에서 나오려고 하는데 때 아닌 소낙비가 쏟아지기 시작했다.

일기예보에도 없던 비인지라 우산을 가지고 온 학생은 극소수에 불과했다.

대부분의 학생들은 그냥 비를 맞으며 걸어갔다. 하지만 몸 상태가 워낙 안 좋던 난 비가 그치기만 손꼽아 기다릴 수밖에 없었다.

얼마를 그렇게 추위에 떨며 기다렸을까.

비 그치기를 포기하고 막 빗속으로 몸을 던지려 하는데 자그마한 체구의 사내가 숨을 헐떡이며 달려오는 모습이 보였다.

양아버지인 박씨 아저씨였다.

그는 빗물인지 땀인지 모를 물기로 흠뻑 젖어

있는 상태에서 가쁜 숨을 몰아쉬며 내게 우산 하나를 불쑥 내밀었다.

"휴유! 내가 제때 시간 맞춰 왔는지 모르겠구나? 옛다, 우산…"

그는 점심시간 때 있었던 일은 까마득히 잊은 듯 환하게 웃고 있었다.

*

그 후, 학교를 졸업하고 회사에 취직해서도 박씨 아저씨는 비만 내리면 우산을 들고 어김없이 날 마중 나왔다.

고맙다는 말은 한 번도 하지 않았다.

오히려 쓸데없는 짓 그만 하라며 무안할 정도로 면박만 주었다. 하지만 박씨 아저씨의 우산 마중은 중단되는 법이 없었다.

무역회사를 다니던 어느 겨울날이었다.

회사 문을 막 나서려고 하는데 천둥 번개를 동반한 굵은 비가 세차게 쏟아지기 시작했다.

회사 앞은 집에 돌아가려는 사람들로 인해 한동안 시끌벅적했다.

하지만 난 커피를 뽑아 마시며 모처럼 내린 겨울비를 느긋하게 감상하고 있었다.

이제 곧 그 누군가가 우산을 들고 내 앞에 나타날 테니까…

'그런데… 이 양반 왜 이렇게 안 오는 거야?'

*

그는 끝끝내 나타나지 않았다.

처음 있는 일이었다. 난 단단히 화가 났다. 어떤 알 수 없는 배신감마저 들었다.

집으로 돌아오기가 무섭게 버럭 고함부터 질렀다.

"아니, 못 오면 못 온다고 연락이라도 해야지… 이렇게 비가 내리는데 마중을 안 나오면 어떡해?"

거실에는 아무도 없었다.

노크도 없이 안방 문을 홱 열어 젖혔다.

이마에 수건을 얹은 채 누워 있는 박씨 아저씨를 걱정스런 눈빛으로 내려보고 있던 엄마가 날 보며 말했다.

"이것아! 네 아버지가 왜 이렇게 된 줄 알아? 온 몸이 불덩이인데도 불구하고 널 마중 나간다고 고집 부리다가 집 앞에서 쓰러지셔서 그래…"

박씨 아저씨 손에는 우산이 하나 들려져 있었다. 내가 늘 쓰고 다니던 노란색 우산이…

엄마가 날 보며 다시 말한다.

"널 마중 나겠다는 생각이 얼마나 강한지 아무리 빼앗으려고 해도 소용이 없어… 의식을 잃은 상태에서도 어찌나 힘껏 움켜잡고 있던지…"

*

박씨 아저씨는 급기야 혼수상태에 빠졌다.

병원으로 옮겼으나 한동안 의식을 찾지 못했다.

엄마를 대신해 중환자실을 지키던 어느 날이었다. 산소 호흡기를 쓴 채 두 눈을 감고 누워 있는 박씨 아저씨를 보자 그냥 저렇게 죽어 버렸으면 좋겠다는 생각이 들었다.

자신이 마치 내 친 아버지라도 되는 양 온갖 위선을 떠는 게 정말이지 역겹기만 했다.

사람들이 없을 때 내 손으로 호흡기를 확 떼어내고 싶다는 유혹이 수도 없이 스쳐갔다.

하루는 주변을 살피다 손이고, 발이고, 배고, 얼굴이고, 닥치는 대로 꼬집어 댔다.

양아버지가 갑자기 몸을 뒤척였다. 난 깜짝 놀라며 뒤로 물러섰다.

그는 혼수상태서 계속 내 이름을 부르고 있었다.

"서… 서… 성희야… 서… 성희야…"

*

그로부터 3년 후, 내게도 사랑이 찾아왔다.

그런데 결혼식을 약 한 달 여 남겨 놓은 시점에서 생각지 못한 고민거리가 하나 생겼다.

청첩장을 만들어야 하는데, 그 안에 써넣는 성(性)이 문제였다.

박씨 아저씨가 양아버지인 까닭에 나와 성(性)이 각기 다르기 때문이다.

라일락 향기가 코끝을 자극하던 어느 날이었다.

박씨 아저씨가 까칠한 얼굴로 날 불렀다.

"얘야, 청첩장에 내 이름을 기입할 때 그냥 네 성(性)을 따서 '조병식'이라 쓰려무나.

모든 사람들이 너를 '조성희'로 알고 있는데 갑자기 내 성을 따서 '박성희'라고 하면 어떻게 생각하겠느냐? 다른 사람들은 그렇다손 치더라도 너의 시댁 쪽에서 보면 아무래도…"

양아버지인 박씨를 물끄러미 쳐다보았다.

내게 무엇이든지 다 주려고만 하는 그가 도무지 이해가 되지 않았다. 아버지 대접은커녕 못된 짓만 골라서 한 내게 말이다.

"난 괜찮다. 그깐 성이 박씨인들 조씨인들 어떠냐… 중요한 건 네가 행복하게 잘 사는 거여… 다른 건 무조건 그 다음 문제지… 안 그러냐?"

*

결혼식을 올리기 일주일 전이었다.

엄마가 잠시 외출한 사이, 박씨 아저씨가 커피 한 잔을 직접 타들고 내방으로 건너왔다.

"얘야… 이거 받아라!"

전에 비해 주름살도 많이 늘어나고, 머리카락도 부쩍 희끗해진 그가 내 앞에 내 놓은 것은 손 때 묻은 낡은 적금통장이었다.

"이… 이게 뭐죠?"

박씨 아저씨는 나와 단둘이 있는 것이 조금은 어색하고 낯선지 가볍게 헛기침부터 했다.

"너… 시집갈 때 줄려고… 그 동안 네 엄마 몰

래 조금씩 모아 두었던 돈이여. 얼마 되지는 않지만… 결혼자금에 보태 쓰거라. 엄마한텐 당분간 비밀로 허구…”

난 잠시 머뭇거리다가 조심스럽게 통장을 펼쳐보았다. 적금통장 안에는 3백 8십 만원이란 돈이 들어 있었다.

가슴이 짠해졌다.

그리 큰돈은 아니었지만 통장 속에 들어있는 돈은 박씨 아저씨에게 있어 거의 전 재산이나 마찬가지였기 때문이었다.

“이… 이렇게 빨리 시집갈 줄 알았으면… 좀 더 많은 돈을 모아두는 건데… 더 많은 걸 주지 못해서 미안허구나… 정말루…”

박씨 아저씨는 말하는 동안 내내 죄인처럼 계속해서 고개를 떨구고 있었다.

*

결혼식 전날이었다.

가슴이 너무 설레고 들떠서 잠을 제대로 이룰 수가 없었다.

바람이나 쏘일 겸해서 앞마당으로 나갔다.

그런데 누군가가 이미 자리를 잡고 있었다.

양아버지인 박씨 아저씨였다.

그는 밤하늘에 떠있는 보름달을 보며 계속해서 담배를 태우고 있었다.

바닥에 놓여져 있는 깡통을 보니 담배꽁초가 수북이 쌓여 있었다.

박씨 아저씨의 다른 한 손에는 고등학교 졸업식 때 찍었던 내 사진이 쥐어져 있었다.

그는 사진을 뚫어지게 쳐다보기도 하고, 손등으로 쓰다듬어 보기도 하고, 하늘에 대고 혼잣말처럼 무어라 중얼거리기도 했다.

그러는 사이 그의 눈가에는 어느새 촉촉한 그 무엇이 흐릿하게 어리고 있었다.

"내일… 날이 좋아야 헐틴디…"

　　　*

결혼식이 끝나고 남편의 직장이 있는 서울로 올라갔다. 결혼생활은 한동안 행복했다.

자상한 남편에, 예쁜 딸아이도 하나 낳았다.

곧 둘째 애도 가졌지만 유산했다. 그 사이 지병인 당뇨로 고생하시던 어머니도 돌아 가셨다.

난 장례식 때문에 마지못해 잠시 다녀왔을

뿐, 그 이후 친정 집 방문은 일체 하지 않았다.

어머니가 없는 상태에서의 양아버지란 존재가 내게 더 이상은 아무런 의미가 없었기 때문이었다.

하지만 양아버지는 딸아이가 걸어 다니기 시작할 무렵부터 한 달에 한 번씩 우리 집을 다녀가곤 했다.

말은 친구를 만나러 왔다가 잠시 들린 것이라고 했지만 실제로는 손녀딸이 보고 싶어 찾아오는 듯 했다.

하루는 딸아이가 내게 물었다.

"엄마! 왜 할아버진 우리 집에 왔다가 맨날맨날 그냥 가… 밥도 안 먹구… 잠도 안 자구 말야…"

＊

그는 내게 민폐 끼치는 게 싫은가 보다.

늘 점심시간이 지난 후에 찾아왔다가 저녁식사 전에 다시 내려가곤 했다.

그러면서도 딸아이에게 매번 피자 사주는 것과 만원 권 지폐 한 장을 용돈으로 쥐어주는걸 잊지 않았다.

양아버지가 다녀갔던 어느 날 오후였다.

딸아이가 심술이 잔뜩 나서 내게 말했다.

"오늘은 할아버지가 정말 미워! 난 피자가 먹고 싶은데 자꾸 햄버거만 먹으라고 그러는 거야… 거기에다 오늘은 내 돼지밥 만원도 안 주고 그냥 가구… 치이…"

난 딸아이에게 한마디 해주려고 하다가 조용히 부엌으로 발걸음을 옮겼다.

양아버지가 전달부터 몸이 안 좋아 전혀 일을 못나가고 있다는 것을… 딸아이에게 굳이 설명해 줄 필요성을 느끼지 못했기 때문이다.

*

모처럼 단잠에 빠져 있던 어느 주말이었다.

병원에서 한 통의 전화가 걸려왔다.

딸아이와 같이 나갔던 양아버지가 교통사고를 당했다는 것이다.

병원으로 달려가 담당 간호사에게 자초지종을 물었다. 그러자 딸아이 옆에 서 있던 경찰이 대신 사고경위에 대해 설명해주었다.

피자를 먹고 나오는데 횡단보도 앞에서 갑자기 차량 한 대가 딸아이를 덮치려 했고, 이때

옆에 있던 양아버지가 이를 보고는 순간적으로 딸아이를 옆으로 밀치고는 자신이 대신 치었다는 것이다.

머리와 다리에 붕대를 동여맨 채 깊은 잠에 빠져있는 양아버지를 말끄러미 바라보고 있는데 간호사가 무엇인가를 내 앞에 불쑥 내밀었다.

"이게 뭐죠?"

*

간호사가 내 앞에 내 보인 것은 절반 정도 찢겨져 나간 만원 권 지폐였다.

"환자 분의 손에 쥐어져있던 지폐 중 일부입니다… 치료를 하기 위해 손아귀에서 꺼내려고 했는데… 어찌나 힘껏 움켜쥐고 있던지 돈이 그만 이렇게…"

양아버지의 한쪽 손을 쳐다보았다.

움켜쥔 손아귀 사이로 찢어진 지폐 일부가 살짝 삐쳐 나와 있었다.

아무래도 딸아이에게 용돈을 주려는 순간에 사고가 나지 않았나 싶다.

간호사가 고개를 갸웃하며 말한다.

"아니, 그깐 만 원짜리 지폐 한 장이 뭐가 그리 대단하다고… 저리도 강하게 애착을 보이시는지…

솔직히 저로서는 쉽게 이해가 안되네요…"

난 쓸쓸한 미소를 자으며 창밖으로 시선을 돌렸다.

그러면서 간호사에게 나직이 말했다.

그 돈은 아마도 그가 이 세상에서 가장 소중하게 생각하는 사람을 위해 준비한… 그 사람을 위해 해줄 수 있는 최소한의 기쁨이며… 약속이며… 행복일지도 모른다고… 어쩌면 전부일지도…

　*

남편이 갑자기 다니던 은행에서 퇴출됐다.

남편은 주변사람들의 권유로 새로운 사업에 뛰어 들었다.

하지만 야심만만하게 시작했던 사업은 연이어 실패했고, 빚은 점점 산더미처럼 늘어만 갔다.

목동에 있는 아파트에서 나와 방 두 칸 짜리 지하 월세 방으로 이사한 후부터 난 시름시름

앓기 시작했다.

꿈도 희망도 모두 접은 채 오직 죽고 싶다는 생각만 가득하던 어느 날이었다.

1년여 전에 일방적으로 소식을 끊었던 어떤 존재 하나가 불현듯 떠올랐다. 마치 칠흑 같은 어둠 속에서 한줄기 빛을 발견한 것처럼…

"그래… 세상 사람들 모두가 날 외면한다해도… 그 사람만은 틀림없이…"

*

양아버지에게 전화를 걸었다.

늘 일방적으로 받기만 하다 내가 먼저 도움을 요청하는 것이 몹시 자존심 상했지만 현재로서는 달리 방법이 없었기 때문이다.

"…여… 여보세요…"

"쿨럭… 쿨럭…"

양아버지는 전화 수화기를 들기가 무섭게 가쁘게 기침부터 해댔다. 몸 상태가 썩 안 좋은 듯 했다.

망설이다가 조심스럽게 입을 열었다.

"요즘… 남편 사업이 좀 어려워요… 그래서 말인데…"

"……"

양아버지는 가래 끓는 마른기침 소릴 가끔씩 내뱉을 뿐, 그저 내가 하는 말을 경청만 했다.

"그 집… 어머니가 돌아가시면서 물려주신 그 집… 지금… 시세가 꽤 나가는 편이죠?"

"……?"

*

양아버지는 한동안 옅은 신음소리만 내 뱉었다.

나도 안다. 그 집이 그에게 어떤 의미가 있다는 것을… 어머니가 돌아가시면서 그에게 물려주신 유일한 유산이자 선물이라는 것을… 두 사람만의 추억이 고스란히 살아 숨쉬는…

어머니 살아생전에도 뜰 안에 텃밭을 만들어 틈만 나면 백도라지며… 목련이며… 난초 등을 정성껏 심고 가꾸어 왔던 곳이다.

그런데… 그 마저도 내 놓으라 했으니…

잠시 침묵이 흘렀다. 전화 수화기를 통해 마른기침 소리가 크게 몇 번 들려왔다.

틱-하고 라이터 켜는 소리가 들리는가 싶더니 길게 무엇인가를 내뿜는 듯한 소리가 들려왔다.

곧이어, 양아버지의 젖은 듯한 음성이 전화수화기를 타고 끊어지듯 들려왔다.

"고… 고맙다… 잊지 않고 이렇게 연락을 줘서…"

*

양아버지가 보내준 돈으로 남편은 재기의 발판을 마련할 수 있게 되었다.

빚도 거의 갚고 생활도 그럭저럭 여유를 찾아갈 무렵이었다. 우연히 은행에 들려서 통장정리를 하다가 이상한 점 하나를 발견했다.

한동안 전혀 사용하지 않던 통장으로 매달 15일 마다 삼십 만원씩 6개월 동안 계속해서 돈이 들어와 있는 것이 아닌가.

생전 보도 듣지도 못한 '송기철'이라는 사람 이름으로…

'혹시 누가 잘못 입금을 했나?'

*

그 후에도 같은 액수의 돈이 매달 15일 마다 계속해서 내 통장으로 입금되어져 왔다.

의문의 꼬리가 길어만 지던 어느 15일 날이었다.

일이 있어 대전에 갔다가 돈이 늘 송금되어지던 읍내에 있는 한 은행을 찾았다.

직원들에게 자초지종을 설명하고 송기철이란 사람이 나타나면 신호를 보내 달라고 미리 부탁을 해놓았다.

마감 시간이 거의 가까워졌을 무렵이었다.

직원 한 명이 내게 송기철이란 사람이 나타났다는 신호를 보냈다.

그는 60대 초반의 노인으로 생전 처음 보는 얼굴이었다. 다소 긴장하는 표정으로 그에게 다가가 내 이름부터 밝혔다.

그러자 그는 오래 전부터 날 알고 있었다는 듯 반갑게 인사를 했다.

"아, 당신이 바로 그 주인공이군요?"

*

노인을 데리고 은행 근처 커피숍으로 자리를 옮겼다. 차 주문을 하기도 전에 그에게 먼저 물었다.

"왜 저한테 매 달 돈을 보내주신 거죠?"

노인은 언제가 이런 날이 찾아오리라는 것을 미리 예견이라도 한 듯 빙그레 웃으며 말했다.

　"난… 그저 친구의 부탁을 들어준 것뿐이라오."

　"친구라면…. 누구?"

　"나와는 어릴 적부터 막역했던 친구지… 아마… 작년 이 맘 때쯤 되었을 거여… 서울에서 잘 살던 친구가 어느 날 갑자기 고향인 이곳 촌 동네로 내려왔더군… 빈 털털이가 되어서 말여…"

　"……"

　"자기 몸뚱어리 하나 누일 곳이 없어서 내가 주인 없는 폐가(弊家) 한 채를 수리해서 살도록 해주었어…

　그런데 이 친구… 몸도 성치 않아 거동할 기력도 없어 뵈는데 눈만 뜨면 여기저기로 품을 팔러 다니는 거여…

　그리고는 매월 15일만 되면 끼니도 거르며 모은 그 돈을 조성희라는 여자 통장으로 대신 입금 시켜달라고 부탁을 하더군… 그 사람이 지금 경제적으로 많이 힘들어하는 것 같다구… 자신이 해줄 수 있는 것은 이것밖엔 없다면서 말여…

　그러면서… 혹여라도 받는 쪽에서 부담 느
낄지 모르니까 내 이름으로 대신 넣어 달라는
겨…"

　송노인은 그 사람이 누군지 밝히지 않았다.

　나 역시 그가 말하는 사람이 누구인지 더는
묻지 않았다.

　"아…"

　　*

　2월의 강추위가 매섭게 휘몰아치고 있는 가
운데 비닐하우스에서는 딸기 수확이 한창이었
다.

　잠시 후, 백발의 노인 하나가 딸기 상자를 가
득 실은 손수레를 끌고 비닐하우스 밖으로 뒤
뚱거리며 걸어 나오고 있는 모습이 보였다.

　걷는 것조차 힘겨워 보이는 노인은 발걸음을
한 번 옮길 때마다 목 줄기가 갈라지는 듯한 고
통스런 기침소리를 연신 토해내고 있었다.

　대개 그런 상황에서 인상을 잔뜩 찌푸리거나
고통스럽게 일그러지는 게 보통이다.

　그런데 신기하게도 볼품없이 생긴 노인의 얼

굴에서는 오히려 은빛 미소가 잔잔하게 흘러나오고 있었다.

비닐하우스 근처에서 서성거리던 난 말없이 노인이 끄는 짐수레 뒤에 붙었다.

그리고는 짐수레를 가볍게 밀며 울먹이는 목소리로 힘겹게 마른입을 뗐다.

"아… 아… 버지…"

*

불안하게 흔들리던 짐수레는 곧 멈췄다.

잠시 침묵이 흐르는 동안 뜨거운 그 무엇이 상기된 볼을 타고 길게 한줄기 흘러내렸다.

"와… 왔구나… 너…"

그게 다였다. 양아버지는 이 짧은 말 한마디로 모든 것을 대신했다. 한동안 허공을 할퀴는 거친 바람소리만 들려왔다.

나는 털썩 무릎을 꿇었다.

"왜 저 같이 못된 것에게… 이토록 큰사랑을 주셨나요… 무엇 때문에… 저 같은 것에게… 당신 인생을 그리도 다 희생하셨나요… 왜…"

바람이라도 불면 금방 날아가 버릴 것처럼 야윈 백발의 노인은 은빛 미소를 흘리며 내게로

다가왔다.

입술은 환하게 웃고 있는데 눈가엔 하얀 물기가 그득 어려 있었다.

그는 날 힘겹게 일으켜 세웠다.

그러더니 거북이 등처럼 여기저기 갈라 터진 거친 손으로 내 손을 꼬옥 잡으며 힘주어 말했다.

"넌… 누가 뭐래도 내 딸이여… 이 세상에서 단 하나밖에 없는 가장 귀하고 소중한 내 딸…"

*

남편과 함께 딸아이를 데리고 양아버지 댁으로 향했다. 차안에는 양아버지가 좋아하실 생선과 과일 고기 등을 가득 싣고서…

양아버지를 알고 난 후 처음 내 손으로 진짓상을 마련해 드리기 위해서다.

내게도 효도할 부모가 있다는 것이 이리도 기쁘고 감사한 일인지 이제야 조금 알 것 같았다.

아침부터 내린 눈 때문에 예정시간보다 훨씬 더 늦게 아버님 댁에 도착했다.

남편과 딸아이의 손을 잡고 양아버지 댁으로 조심스럽게 들어갔을 때였다.

고요와 정적만이 흐르는 가운데 마루에 잔뜩 웅크리고 앉아 계신 양아버지의 뒷모습이 보였다. 딸아이가 먼저 반갑게 소리쳤다.

"할아버지! 나 왔어…"

*

아무런 대꾸가 없다.

밥상 위에 있는 노트에 무엇인가를 쓰시다가 그대로 잠이 드신 듯 했다.

한 손에 몽당연필 자루를 움켜쥔 채 고개를 떨구고 계신 아버님의 옆구리를 딸아이가 달려가 장난스럽게 콕 건드렸다.

그러자 양아버지는 힘없이 옆으로 고꾸라졌다. 마치 잘 드는 톱에 밑동 잘린 나무처럼…

양아버지는 그렇게 내 곁에서 떠나가셨다.

한마디 유언의 말도 없이…

무엇이 그리도 좋은지 입가에는 행복으로 가득 찬 엷은 미소를 머금은 채…

아무 것도 모르는 딸아이가 양아버지를 흔들며 소리친다.

"할아버지! 무슨 잠을 이렇게 오래 자… 그만 자고 빨랑 일어나… 할아버지가 젤 좋아하는

공주님이 왔단 말야… 할아버지… ˮ

    *

  방안은 절절 끓고 있었다.

  그 사이에 군불을 얼마나 지폈던지…

  양아버지의 시신을 따뜻한 곳에 눕히기 위해 아랫목에 덮여져 있던 이불을 걷어냈을 때였다.

  딸아이가 갑자기 신이 나서 소리쳤다.

  "와! 피자다!"

  화롯불처럼 후끈 달아오른 아랫목에는 피자 한판이 가지런히 놓여져 있었다.

  전에 내가 다니던 학교로 치킨을 가슴에 품고 왔듯… 그렇게 손녀딸에게도 따뜻한 피자를 먹이기 위해… 군불 지핀 아랫목에 피자상자를 놓고는… 행여 그 사이에 식기라도 하면 큰일 날까봐 이불을 몇 겹으로 덮어놓았던 것이다.

  입술을 깨물며 고개를 떨구고 있는데, 철부지 딸아이가 동태처럼 빳빳하게 굳은 양아버지를 흔들며 또 다시 소리친다.

  "아이, 할아버지! 그만 자고 빨랑 좀 일어나라니까… 무슨 잠을 이렇게 오래 자느냔 말야…"

*

양아버지의 유품을 정리할 때였다.

밥상에 놓여져 있던 노트와 유사하게 생긴 낡고 허름한 노트 한 뭉치가 발견됐다.

양아버지의 유년 시절부터 돌아가시기 직전까지의 일들을 진솔하게 쓴 일종의 일기장이었다.

별다른 생각 없이 책장을 넘기던 내 눈에 또다시 주체할 수 없는 눈물이 흐르기 시작한 것은 잠시 후였다.

너무도 나를 사랑해주었던 그의 맘을 일기장을 보며 다시금 느낄 수가 있었기 때문이었다.

양아버지의 일기

19○○년 ○월 ○일

 피붙이 하나 없는 고아로 태어나서 오십 줄이
다 된 이 나이 때꺼지 평생을 혼자서만 지내온
나다.
 그 동안 가족이 있는 사람들이 그렇게 부러울
수가 없었다. 허지만 그 어떤 여자도 막노동이
나 허며 겨우 입에 풀칠하며 사는 내게 선뜻 시
집오려는 여자는 없었다…
 근데 오늘 한 여자를 만났다. 얼굴뿐만 아니
라 맴 씀씀이꺼지 무척이나 맴에 드는 그런 여
자를…

19○○년 ○월 ○일

 오늘 그녀가 나의 청혼을 받아 줬다.

참으로 고맙고 착한 여자다.

아무 것도 가진 것 없고 내세울 것 하나 없는 나 같은 가난뱅이 고아와 결혼을 혀주겠다니… 더구나… 내가 사고로 남자 구실을 못헌다는 것을 알면서도 선뜻 결혼을 승낙해주다니… 그녀를 위해서라도 앞으로 보다 더 열심히 살어야헐 것만 같다… 중략

19○○년 ○월 ○일

그녀가 내게 한가지 부탁을 혔다.

그 동안 맘과 달리 딸아이에게 많은 상처를 주었다구… 앞으로 남은 자신의 인생, 이제 딸아이를 위해 살고 싶으니 나보고 도와 달라구 헌다.

그저 딸아이에게 좋은 아버지만 되어주면 더 이상 바랄 것이 없다며 간절히… 중략

19○○년 ○월 ○일

오늘 그녀의 딸을 처음 보았다.

어쩜 그리고 예쁘고 사랑스럽게 생겼던지…

저토록 예쁘고 사랑스럽게 생긴 아이를 내 딸로 삼을 수 있게 되다니… 너무 기쁘고 감사해서 눈물이 다 나오려 헌다.

요즘 하나님이 내게 너무 많은 축복을 주시는 것 같아 오히려 불안할 정도다.

내가 이렇게 귀한 선물을 받을 자격이 있는지 모르겠다… 중략

19○○년 ○월 ○일

그녀는 오늘도 그냥 식을 올리자고 헌다.

허지만 난 딸아이의 승낙을 꼭 받고 싶다.

어느 날 불쑥 낯선 사내가 들어와 '이제부터 내가 네 아버지여!'하고 일방적으로 통보허구는 떡 하니 안방을 차지헌다면 그 여린 마음에 얼마나 큰 상처를 받겠는가.

힘들어도 그 애의 허락을 받아야 헌다.

그래야 나도 떳떳하구 그 애도 조금은 덜 불편하지 않을까 싶다… 중략

19○○년 ○월 ○일

그 애는 아직도 자신의 친아버지를 잊지 못허구 있는 것 같다. 가여운 것…
참 착한 아이라는 생각이 든다.
자신에게 소중했던 사람을 쉬이 잊지 않구 가슴속 깊이 간직할 수 있는 아이라면 분명 속도 깊고 마음도 무척이나 따뜻할 것이다.
어깨가 무겁다. 내가 과연 그 아이의 애비 노릇을 제대로 혀낼 수 있을까… 중략

19○○년 ○월 ○일

공사장에서 일을 허구 있는디 갑자기 비가 내렸다. 딸아이가 걱정이다.
우산을 사들고 딸아이 학교 앞으로 갔다.
전날 공사장에서 다친 다리 때문에 제대로 서 있기조차 힘들었다.
딸아이는 마중 나간지 두 시간 정도 되어서야 학교에서 나왔다.
우산을 받자마자 창피허게 왜 학교까지 왔나

고 많이 꾸지람 들었지만 참 다행이라는 생각
이 들었다.

　그래도 딸아이가 비를 안 맞아서… 중략

19○○년 ○월 ○일

　전에는 비가 오는 날이 젤루 싫었다.
　비가 오면 일을 못허니까… 그러면 또다시 굶
어야 허니까…
　허지만 지금은 아니다. 날씨만 약간 흐려도
그렇게 흥분되고 기분 좋을 수가 없다.
　왜냐허면 우산을 들고 딸아이를 마중 나갈 수
있기 때문이다.
　요즘은 그저 나 같이 부족하고 못난 애비가
딸아이를 위해 뭔가를 해줄 수 있다는 그 자체
맨으로두 매냥 기쁘고 감사허기만 허다… 중략

19○○년 ○월 ○일

　병원이다. 집사람 말에 의하면 비오는 날 딸

아이를 마중 나가려하다가 그만 정신을 잃었다
구 헌다.

　우산 들고 대문 앞까지 나갔던 것은 기억이
나는디 그 이후에는 전혀 기억이 없다.

　다만 어렴풋이 생각나는 것은 의식을 잃고 병
원에 누워있는 동안 딸아이가 날 지극 정성으
로 간호해주었다는 것이다.

　얼매 전, 깊은 꿈을 꾸듯 의식이 몽롱한 상태
에서 보니 누군가가 날 깨우기 위해 팔이며 다
리며 얼굴 등을 마구 꼬집는 모습이 희미하게
보였다. 딸아이였다…

　세상에 저런 효녀가 다 있을까…

　지 애비 정신들라고 쉬지도 않고 계속해서 이
곳 저곳을 돌아가며 꼬집어 주다니…

　살구 싶었다… 저렇게 착한 딸아이에게 슬픔
을 안겨주지 않기 위해서라도 꼬옥… 살구만
싶어졌다…

　아, 착하디 착한 것…

19○○년 ○월 ○일

 딸아이에게 남자가 생긴 것 같다.
 어떻게 생겨 먹은 녀석인지는 잘 모르겠지
만… 딸아이가 좋아하는 녀석이라면 분명 괜찮
은 녀석일 것이다.
 그래두 한번 만나서 소주라도 같이 허면서 워
떤 녀석인가 알아보구 싶은디… 딸아이가 싫어
헐 것 같아서 지금껏 아무 말도 못혔다.
 워쨌든 녀석… 재주도 좋구 복두 참 많다.
 우리 딸아이처럼 예쁘고 사랑스런 여자를 색
시루 맞게 됐으니 말이다… 중략

19○○년 ○월 ○일

 내일이면 우리 애가 시집을 간다.
 잠이 잘 안 온다.
 녀석의 고등학교 졸업사진을 들고 밖으로 나
갔다. 아무래도 하늘에 계신 친아버지께 이 사
실을 알려 주어야 헐 것만 같기 때문이다.
 친아버지께 사진을 보여주며… 고맵다구…

저렇게 예쁘고 귀한 딸을 내게 보내 주셔서 너무너무 고맵다구…

지금껏 아프지 않고 저렇게 건강하게 자랄 수 있도록 도와주어서 뭐라 말할 수 없이 감사허다구 혔다. 그리구 미안허다구…

내가 대신 식장에 들어가게 돼서 정말 미안허다구… 용서를 빌었다… 중략

19〇〇년 〇월 〇일

오늘은 딸아이의 결혼식이 있는 날이다.

너무 서운혀서 밤새 한숨도 못 잤더니 현기증이 자꾸만 인다.

드레스를 곱게 입은 딸아이의 모습이 눈부시도록 아름답다. 그럼 누구 딸인디…

딸아이의 손을 잡고 식장 안으로 들어가려는 순간, 다리가 휘청거렸다. 바보처럼 자꾸만 뜨거운 그 무엇이 나오려구만 혔다.

행여 눈물이라도 보이게 되면 딸아이가 괜히 곤혹스러워 헐것만 같아서 잇몸을 깨물며 꾹꾹 참었다.

예식이 모두 끝난 후, 화장실에 숨어 얼매나 많이 울었던지 아직도 두 눈이 얼얼하다…
　녀석 부디 잘 살아야 헐틴디… 중략

19○○년 ○월 ○일

　딸아이가 집에 다녀간지 어느덧 1년이 넘었다.
　많이 보구 싶은디…
　어디 아픈 곳은 없는지 많이 걱정되는디……
　그래서 잠두 잘 안 오는디…
　지 에미 죽은 후로는 도통 연락조차 없다.
　아무래두 많이 바쁜가 부다.
　부디 시댁 어른들헌티두… 남편헌티두…
　사랑 듬뿍 받으며 살아야 헐틴디…
　오늘부터 녀석을 위해 철야기도를 혀야겠다…

19○○년 ○월 ○일

요즘 나의 유일한 낙은 한 달에 한 번씩 손주 딸을 만나러 가는 것이다.

　한 달의 시간 중에서 그 하루가 내겐 가장 흥분되고 행복한 순간들이다.

　손주딸 아이도 지 에미를 닮아서 그런지 무척이나 총명하고 사랑스럽다…

　너무 예뻐서 한입에 꽉 깨물어 주고 싶을 때가 한 두 번이 아니다… 중략

19○○년 ○월 ○일

　요즘 들어 몸이 많이 안 좋다…

　가끔씩 각혈두 허구…

　기침이라두 한번 허게되면 심장이 통째로 찢겨져 나가는 것처럼 아프다.

　소장은 내가 걱정되는지 며칠동안만이라두 집에서 푹 쉬라고 헌다.

　허지만 그럴 수가 없다.

　공사장에 나가 허드렛일이라도 혀야 우리 공주님이 좋아하는 피자라도 맘껏 사줄 수 있기 때문이다.

19○○년 ○월 ○일

　공사장에서 일을 허다가 그만 정신을 잃었다. 사람들에 의해 병원으로 실려갔다.
　의사 선생님이 그러신다…
　폐결핵에다 만성위염이라구…
　의사의 간곡한 만류 때문에 워쩔 수 없이 며칠동안 집안에만 있어야 헐 것 같다.
　내일은 우리 공주님 만나러 가는 날인디…
　돈이 한푼도 없어서 큰일이다.
　송가 놈에게 다만 월매만이라도 또 꿔야 허나… 지난번에도 돈이 없어서 우리 공주님이 먹기 싫다는 햄부그만 억지로 사주었는디…
　그 때도 녀석이 좋아하는 피자를 못 사줘서 얼매나 아프구 속상헸었는디..
　아무래도 낼은 무리해서라도 일을 나가야겠다…

20○○년 ○월 ○일

오늘은 내 환갑날이다.

송가 마누라가 끓여준 미역국에 밥을 말아먹고 있는디 그 동안 소식을 끊고 지내던 딸아이에게서 전화가 왔다. 참으로 오랜만에…

딸아이의 목소리를 듣는 순간 너무 반가워서 울컥 눈물이 치밀어 오르려 했다. 주책 맞게시리…

남편 사업이 잘 안더서 생활이 많이 어려운 것 같았다.

그러구 보면 난 애비 될 자격이 없는 인간인 것 같다. 부모가 되여서… 자식이 저렇게 힘들어 헐때까지 아무 것도 모르구 있었으니 말이다.

워쨌든 이 못난 애비를 잊지 않구 늦게나마 연락을 해준 딸아이가 너무 고맙구 기특허기만 허다.

불쌍한 것!

자존심 센 녀석이 오늘 전화 한 통화허기 위해 그 동안 월매나 맴 고생이 심했을까… 월매나…

20○○년 ○월 ○일

　마누라가 내게 물려준 집을 복덕방에 내 놓았다.

　마누라와의 행복했었던 추억이 고스란히 살아 숨쉬는… 그래서 살아생전에는 절대루 팔지 않겠다던 그 집을…

　마누라 죽은 후에도 계속 가꾸고 있는 텃밭에 쭈그려 앉아 담배 한 대를 피워 물었다.

　담배 연기 때문인지는 물러도 이상허게 자꾸만 눈물이 나왔다.

　어려움에 처한 딸아이를 위해 무엇인가를 해줄 수 있다는 그 자체맨으로도 너무 다행스럽고 감사허기만 헌데… 이상허게 눈물이 자꾸만 삐죽삐죽 새어나왔다.

　오늘은 유난히 마누라가 더 보구 싶어졌다.

　더 그리워졌다…

　"여보! 나 잘 헌거지? 그런 거지…"

20○○년 ○월 ○일

　집을 팔구 고향으로 내려 온지 근 석 달째 됐
다. 폐가를 고쳐 생활허구 있는디 그럭저럭 지
낼 만은 헌것 같다.
　딸아이에게는 걱정헐까봐 아무런 연락도 허
지 않았다.
　딸아이가 이 사실을 안다면 얼매나 가슴 아파
하고 속상해 헐까… 그 착하고 여린 것이… 중
략

20○○년 ○월 ○일

　기침약을 받으러 보건소에 댕겨왔다.
　의사 선생이 영양실조라며 걱정을 많이 헌다.
　딸아이에게 더 많은 도움을 주지 못해 여전히
맴이 편치 못헌디…
　한 달 내내 품 판 돈 중에서 한달치 양식인 라
면 한 박스 사는 것을 제외허구는 모두 딸아이
에게 보내 주고 있다. 낮엔 일하는 곳에서 참으

로 밥을 먹으니 라면도 과헌디…

　딸아이가 알면 부담 느낄까봐 송가 놈의 이름
으로 송금을 혔다.

　'아, 난 왜 이리도 무능허기만 헐까…'

　지금 이 세상에서 제일 소중한 사람이 힘들어
허구 있는디… 고작혀야 새벽교회 나가 부디
잘 되게 혀달라고 기도나 혀주고 있으니…

20○○년 ○월 ○일

　오늘 딸아이가 날 찾아왔다.

　날더니 아버지라 불렀다.

　양아버지가 아닌 그냥 아버지라구…

　"여보, 들었소? 녀석이 나더러 아버지래… 그
것두 양아버지가 아닌 그냥 아버지 말여… 허
허허… 내 생애 이보다 더 기쁘고 감격스런 날
이 또 어디 있겠오…"

　한동안 계속해서 눈물이 봇물처럼 쏟아져 나
왔다. 참지 않았다.

　아, 그 동안 내색은 안혔지만 그 얼매나 듣고
싶어혔던 말이었던가… '아버지'라는 그 말 한

마디가…

　너무 기뻐서 송가 녀석을 불러다 술 한잔 거나하게 사주며 실컷 자랑을 혀댔다.

　송가는 그간 '아버지' 소리 한 번 들은 게 무슨 대수냐며 괜히 시비다. 난 당장 죽어도 여한이 없을 것만 같은디…

　오늘은 이상허게 하루 온종일 술을 마셔도 취하지가 않을 것만 같다.

　하루 온종일 울어도 눈물이 멈추지 않을 것만 같다…

20○○년 ○월 ○일

　오늘 아침 딸아이로부터 전화가 왔다.

　내일 공주님과 지 남편을 데리구 우리 집을 찾아오겠다구 헌다.

　아무래두 오늘밤에는 잠자기 틀린 것 같다.

　낼은 아침 일찍 일어나 딸아이와 사위를 위해 씨암탉두 한 마리 잡아놓구…

　읍내에 나가 우리 공주님이 좋아하는 피자도 젤 큰 것으루 하나 사다 놓아야겠다…

"아, 하나님… 나… 이렇게 행복해도 되는지 모르겠구려…"

20○○년 ○월 ○일

눈이 너무 많이 내리는 것 같다.

딸아이 가족들은 차가 밀리는지 아직두 안오 구 있다.

방금 전 동구 밖까지 나가 눈을 쓸고 왔더니 이상허게 자꾸만 잠이 쏟아진다

눈이 자꾸면 잼긴다…

애들에게 따뜻한 음식을 맥일려면 솥 단지에 있는 백숙도 한 번 더 끓여놓어야 허는디…

안방에 군불도 한번 더 지펴둬야 허는디…

눈이 더 쌓이기 전에 집 앞도 한 번 더 쓸어 놓어야 허는디… 이상하게 움직일 수가 없다.

얼마 전부터 주워 다 기르기 시작한 누렁이 녀석이 계속해서 밥을 달라며 짖어대고 있다.

밥을 안주면 금방이라도 덤벼들 태세다.

그런데 도통 움직일 힘이 없으니…

"미안혀… 나두 니 놈헌티 밥을 주고 싶은

디… 힘이 없어… 움직일 수가 없어…

　이러다 나 갑자기 죽으면 앞으로 니 놈 밥은 누가 챙겨주노… 누가…"

고마워요, 사랑해줘서

인쇄일	2022년 7월 18일
발행일	2022년 7월 23일
저 자	최정재
발행처	뱅크북
신고번호	제2017-000055호
주 소	서울시 금천구 가산동 시흥대로 104다길 2
전 화	(02) 866-9410
팩 스	(02) 855-9411
이메일	san2315@naver.com